9788537640913

Este diário pertence a

Como guardar seus segredos neste diário:

- Quando você usar a caneta mágica, nada vai aparecer no papel. Porém, a tinta é revelada quando iluminada com a luz inclusa na tampa. Seus segredos estarão guardados de qualquer curioso que quiser espiar o que está escrito.

- Após escrever em seu diário, lembre-se de trancar a fechadura e guardar a chave em local seguro.

- Se desejar, você também pode escrever no diário com qualquer caneta ou lápis de sua preferência e utilizar a caneta mágica apenas para os segredos mais importantes a serem guardados.

Teste a caneta mágica aqui:

....

....

Meu nome completo é ....
.... mas também gosto que
me chamem de ....

Tenho .... anos.

Nasci no dia .... de .... de ....

Sou do signo: ....

Meu endereço é: ....
....

Se pudesse escolher, meu nome seria: ....

Esta é minha assinatura:

Esta é minha digital:

Uma foto minha
10 x 15 cm

Mas atenção, pessoalmente sou muito melhor!

Essa é Minha Família

Avó

Eu tenho irmãs

Eu tenho irmãos

O que eu mais gosto na minha família é:

....
....
....
....
....
....

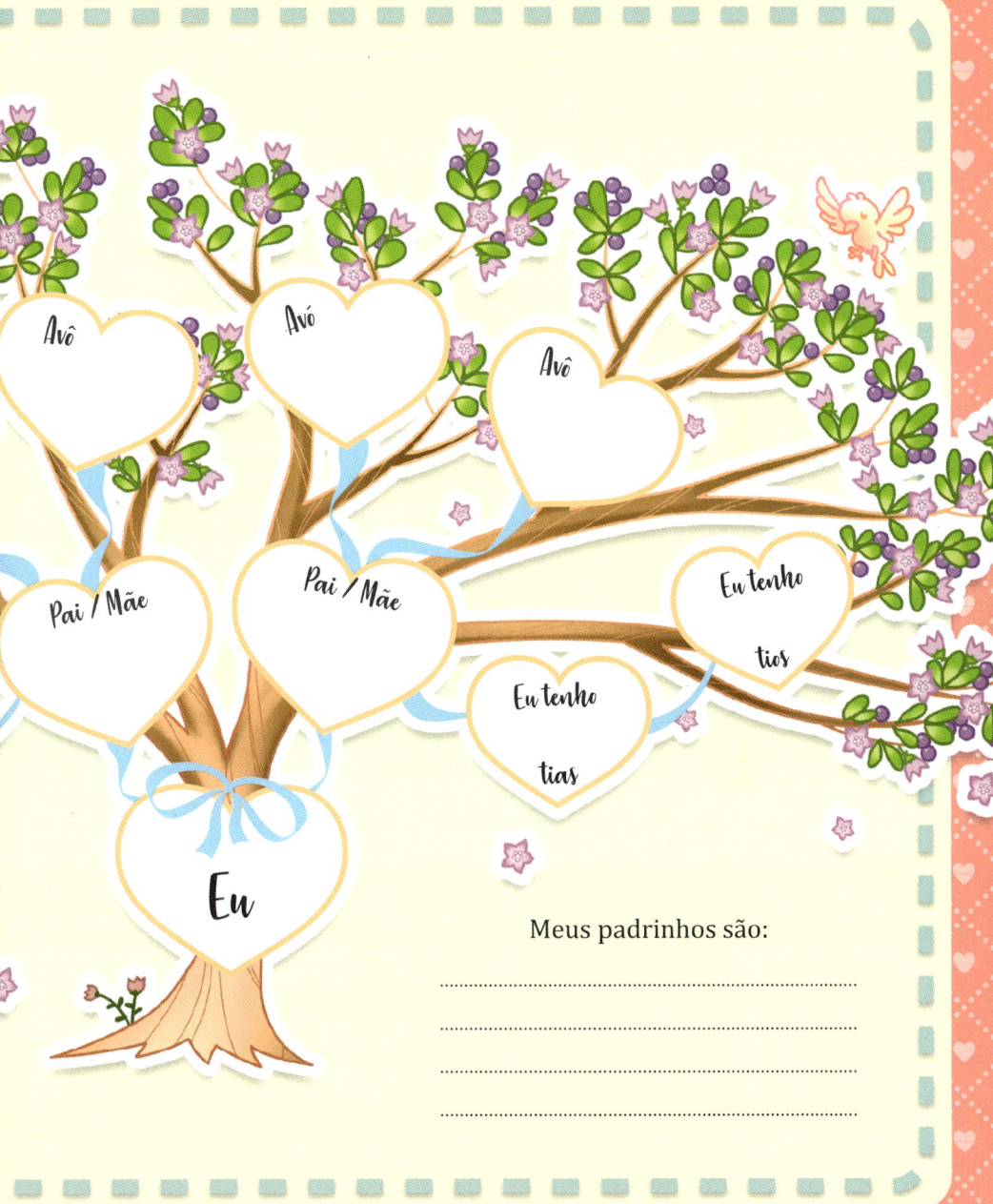

Minhas Coisas Favoritas

Animal de estimação: ....

Cor: ....

Programa de TV: ....

Livro: ....

Filme: ....

Doce preferido: ....

Comida preferida: ....

O melhor dia da semana é:

- Segunda ○
- Terça ○
- Quarta ○
- Quinta ○
- Sexta ○
- Sábado ○
- Domingo ○

Porque ....
....
....
....

Meu Estilo Musical

Os estilos musicais que eu mais gosto são:
....
....
....

A minha banda preferida é: ....

A melhor música é: ....

Escreva a letra da música aqui

Minhas Atividades Preferidas

Hobbies

- ☐ Ler / Escrever
- ☐ Cantar / Tocar
- ☐ Ver filmes
- ☐ Praticar esportes
- ☐ Pintar / Desenhar
- ☐ Ir em festas
- ☐ Cozinhar
- ☐ Viajar
- ☐ Acampar
- ☐ Outro

Coisas que faço bem

Coisas que gostaria de aprender:

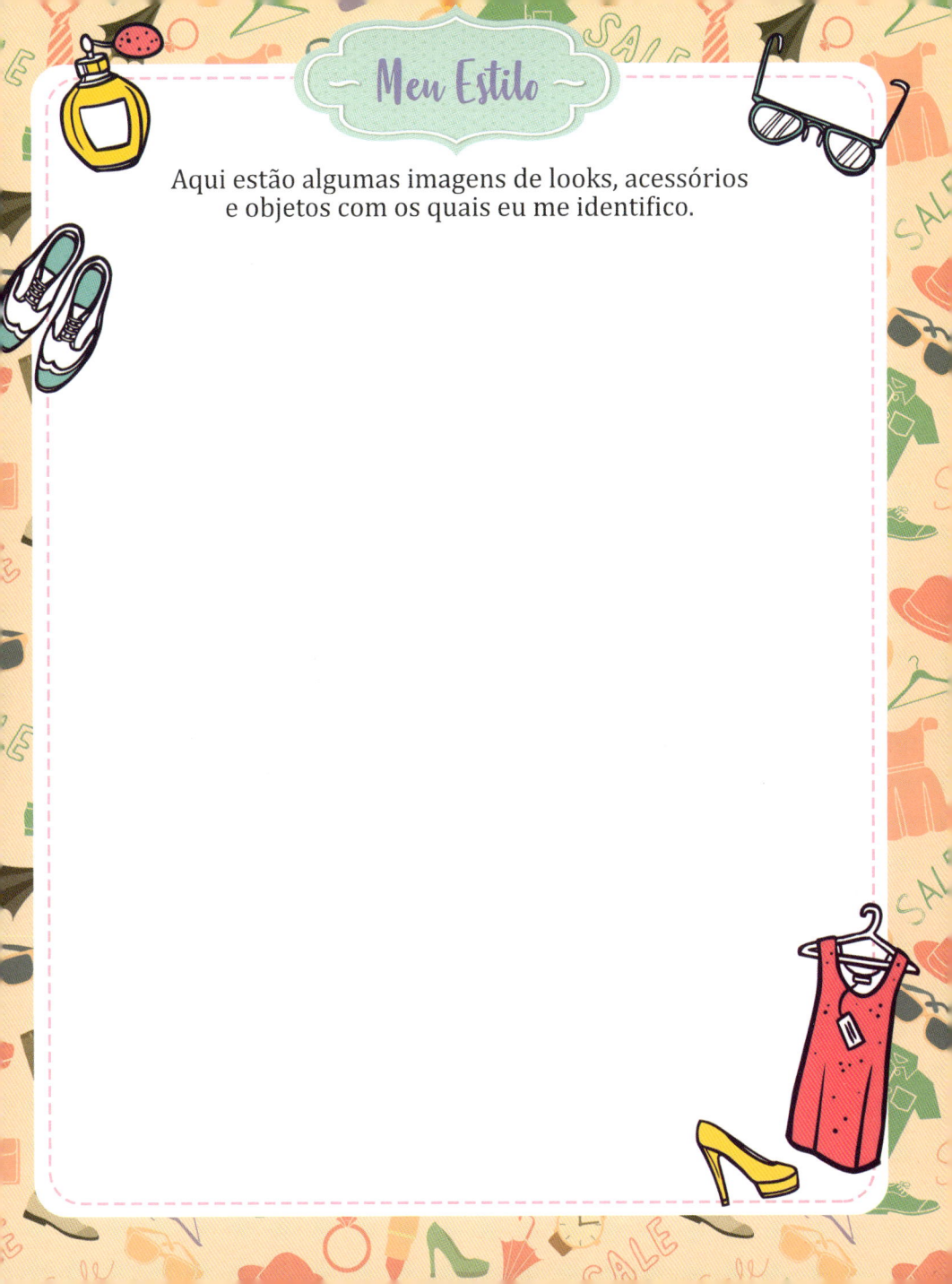

Meu Estilo

Aqui estão algumas imagens de looks, acessórios e objetos com os quais eu me identifico.

Na Escola

Estudo na escola ....

estou no .... ano do ....

A disciplina preferida: ....

A disciplina que me dá sono: ....

Professor(a) preferido(a): ....

Melhor nota do ano: ....

Pior nota do ano: ....

Colegas de sala com quem mais converso: ....
....

Colegas com quem eu menos converso: ....
....

Dia que não vou esquecer: ....
....
....
....

No intervalo, eu e meus amigos gostamos de:
....
....

Quando eu crescer

Gostaria de ser ....
porque gosto de ....
....
e, assim, teria a oportunidade de ....
....
....

Eu tenho o sonho de ....
....
....

Lugares que Pretendo Conhecer

Mural de Lembranças

Cole, escreva ou desenhe as lembranças dos lugares que você já visitou.

Mural dos Premiados

Melhor Amiga

Melhor Amigo

PESSOA MAIS ENGRAÇADA

PESSOA MAIS TALENTOSA

O Parente Mais Legal

A PESSOA MAIS POPULAR

O GAROTO MAIS BONITO

A Pessoa Mais Gentil

A Pessoa Mais Inteligente

Aniversários

Janeiro
....
....
....
....

Fevereiro
....
....
....
....

Março
....
....
....
....

Abril
....
....
....
....

Maio
....
....
....
....

Junho
....
....
....
....

Julho
....
....
....
....

Agosto
....
....
....
....

Setembro
....
....
....
....

Outubro
....
....
....
....

Novembro
....
....
....
....

Dezembro
....
....
....
....

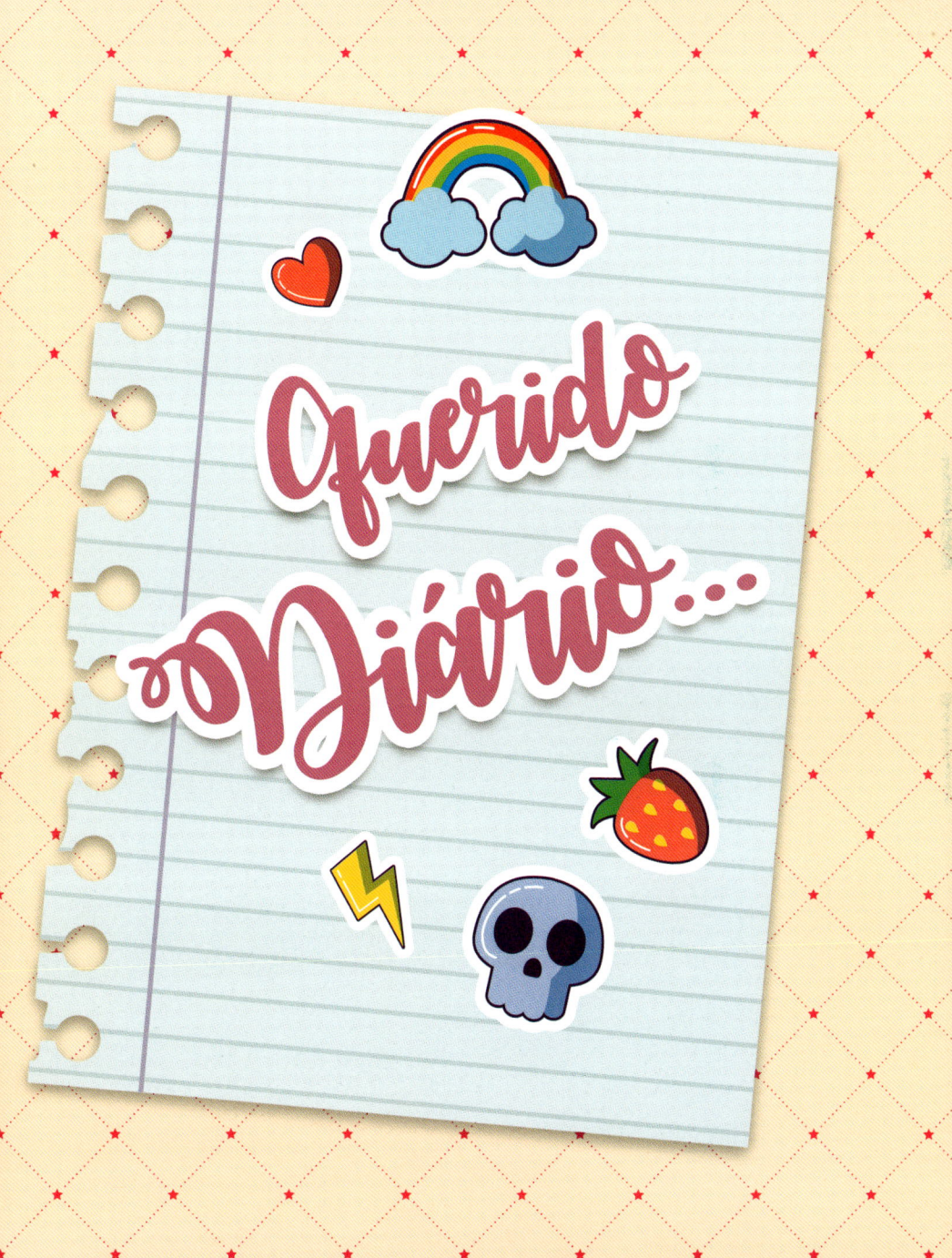

Data:

Data:

Data:

Data:

Data:

Data:

Data:

Data:

Data:

Data:

Data:

Data:

Data:

Data:

Data:

Data:

Data:

Data:

Data:

Data:

Data:

Data:

Data:

Data:

Data:

Data:

Data:

Data:

Data:

Data:

Data:

Data:

Data:

Data:

Data:

Data:

Data:

Data:

Data:

Data:

Data:

Data:

Data:

Data:

Data:

Data:

Data:

Data:

Data:

Data:

Data:

Data:

Data:

Data:

Data:

Data:

Data:

Data:

Data:

Data:

Data:

Data:

Data:

Data:

Data:

Data:

Data:

Data:

Data:

Data:

Data:

Data:

Recadinhos